# La lección

## de Eugène Ionesco

# GUÍA DE LECTURA

Escrita por Baptiste Frankinet
Traducida por Juan Lopez

# La lección

## de Eugène Ionesco

# Entiende fácilmente la literatura con

# Resumen Express.com

www.ResumenExpress.com

# EUGENE IONESCO

## DRAMATURGO Y ENSAYISTA FRANCÉS

- **Nacido en 1909 en Slatina (Rumanía)**
- **Fallecido en 1994 en París**
- **Algunas de sus obras:**
  - *La Cantatrice Calva* (1950), obra de teatro
  - *Rinoceronte* (1959), obra de teatro
  - *Le roi se meurt* (1962), obra de teatro

Hijo de padre rumano y madre francesa, Eugène Ionesco llegó a Francia un año después de su nacimiento y se nacionalizó francés en 1951.

Su obra teatral (*La Cantatrice chauve*; *La Leçon*, 1951; *Les Chaises*, 1952, etc.) ha dejado huella en la literatura: hoy es uno de los dramaturgos franceses más representados en el mundo. Deseoso de ser comprendido, ha dejado numerosos comentarios sobre su obra (*Notes et contre-notes*, 1962; *Journal en miettes*, 1967, etc.). Fue elegido miembro de la Academia Francesa en 1970.

Ionesco es el líder del teatro del absurdo, un nuevo género teatral que, tras la Segunda Guerra Mundial (1939-1945), trastocó las reglas del teatro clásico.

# LA LECCIÓN

## LA ABSURDA LECCIÓN DE UN MAESTRO A SU ALUMNO

- **Género:** teatro (tragedia)

- **Edición de referencia:** *La Leçon*, París, Gallimard, colección « Folio théâtre », 1994, 131 p.

- **1[re] edición:** 1951

- **Temas:** tentación, asesinato, deseo, lenguaje, poder, enseñanza

*La Lección*, obra en un acto, se escribió en 1950 y se representó unos meses más tarde. En ella, Ionesco retrata a un viejo profesor que recibe en su casa a una joven alumna para darle clases particulares.

A medida que avanza la obra, la lección se complica y la comunicación entre profesor y alumno se rompe. La historia termina con el asesinato de la joven a manos de su profesor.

Hoy en día, *La lección es una de* las obras más representadas y leídas de Eugène Ionesco. Esta tragedia tiene la particularidad de permitir que cada cual la interprete a su manera.

# RESUMEN

La obra no está dividida en escenas o actos. Está interpretado por tres personajes: el profesor, el alumno y la criada del profesor.

## UNA LECCIÓN MUY ESPECIAL

Una joven estudiante que planea preparar el "concurso de doctorado total" para satisfacer a sus padres acude a un profesor para recibir clases particulares.

Al principio discuten banalidades, una oportunidad para que el profesor ponga a prueba los conocimientos básicos de la chica.

Cuando la chica le dice al profesor que está "a su disposición" (p. 33), despierta el deseo en él, y queda claro que la relación entre los dos personajes es ambigua. El carácter lascivo del profesor se acentúa en la didascalia (por ejemplo, sus miradas se describen a menudo como "libidinosas") y también aparece en líneas curiosas, como cuando explica operaciones matemáticas ilustrándolas con ejemplos rebuscados que se refieren al cuerpo del alumno: "Si hubieras tenido dos narices, y yo te hubiera arrancado una… ¿Cuántas te quedarían ahora?" (p. 45).

A continuación, da una lección de aritmética. La lección comienza con una sesión de preguntas y respuestas. Pero la joven estudiante, que al principio parecía brillante, revela poco a poco importantes lagunas en sus conocimientos.

Así, cuando discuten sobre la suma al nivel más simple (1 + 1, 2 + 1, etc.), la alumna parece maravillarse -excesivamente- por el hecho de dominar este nivel elemental de conocimientos. Pero cuando se plantea la resta, se da cuenta de que no es capaz de pensar en datos sencillos (no puede resolver 4 - 3 ni saber si 3 es mayor que 4).

Paradójicamente, es capaz de realizar cálculos extremadamente complejos (p. 52), habiendo memorizado con anterioridad todas las multiplicaciones posibles.

## UN DOLOR PREMONITORIO

El profesor se muestra ligeramente exasperado por un éxito que, evidentemente, no va acompañado de la reflexión tradicionalmente requerida para este tipo de ejercicios. Tras la lección de aritmética, la de filología inicia el deterioro de la relación entre profesor y alumna.

Llevado por su ímpetu e irritado por las interrupciones de la joven, el profesor se vuelve amenazador.

La alumna sólo interviene para quejarse sin parar de un dolor de muelas. El profesor llama a la asistenta, que enseguida ve en el dolor de la joven un síntoma del fatal desenlace de la clase: sabe que no es el primer alumno que se presenta a una clase particular.

De hecho, ya es la cuadragésima vez en el día que su jefe actúa así, y ocurre todos los días. Intenta intervenir, pero la devuelven a la cocina.

## HACIA UN FINAL TRÁGICO

El profesor, fuera de sí, insulta e inicia una sesión de hipnosis que evoluciona según las exigencias de la palabra y la omnipotencia de su propio deseo. Mientras el profesor gira a su alrededor, la alumna se ve obligada a repetir una y otra vez la misma palabra, "cuchillo", anuncio fatal del destino que le aguarda.

La joven se queja de dolor en la garganta, los hombros, los pechos, las caderas, los muslos y el estómago. Finalmente, el hombre blande un cuchillo: la viola y la mata.

En cuanto se comete el delito, el profesor entra en pánico y pide ayuda a su criada.

Angustiado, se niega a admitir su fechoría. Sin embargo, es llamado al orden por la criada que, como una madre, le sermonea, cansada de su comportamiento.

El profesor se arrepiente y parece deplorar sus actos, pero un nuevo alumno llama al timbre, perpetuando un ciclo interminable...

# ESTUDIO DE CARACTERES

A excepción de la criada, llamada Marie, los otros dos personajes nunca son nombrados más que por su función social, es decir, "el maestro" y "la alumna".

A primera vista, estos personajes, que carecen de identidad y se reducen únicamente a su estatus, pueden parecer planos y delgados. Sin embargo, las indicaciones escénicas proporcionan al lector información detallada sobre su evolución a lo largo de la obra, así como sobre las relaciones que mantienen entre sí.

## LA ESTUDIANTE

La chica de 18 años es fresca y alegre. Vestida con un "delantal gris, pequeño cuello blanco", lleva como accesorio una "toalla bajo el brazo" (p. 23). Su aspecto así descrito sugiere que procede de una buena familia, probablemente burguesa, lo que corrobora durante la narración ("mis padres son bastante ricos", p. 31; "jovencita de mundo", p. 26).

Superficial, no parece tener aspiraciones personales claras, su objetivo es sobre todo satisfacer a sus padres siguiendo el camino que le han marcado.

Su carácter evoluciona a lo largo de la obra: voluble, segura de sí misma, poco a poco se desestabiliza y luego se ve abrumada por la actitud y las preguntas del profesor, siendo cada vez más incapaz de responder.

Comienza a sentirse abrumada y se vuelve cada vez más introvertida.

Sin embargo, intenta hacerse oír repitiendo las mismas palabras una y otra vez ("Me duelen las muelas"), casi obsesivamente.

Su papel en la obra es tanto más significativo cuanto que da una dimensión particular a sus relaciones: de la estudiante suave y educada del principio, se encuentra rápidamente desbordada por la situación, víctima del ascendiente del profesor, poco asertiva y receptiva; una sumisión que recuerda por otra parte la relación con sus padres, que en cierto modo le imponen hacer este examen ("Mis padres también quieren que profundice mis conocimientos. Quieren que me especialice", p. 30; "A mis padres [...] les gustaría que me doctorara", p. 31).

Por último, aparece como un personaje intercambiable; sin nombre ni apellidos, incoherente, no tiene una personalidad llamativa y se mezcla con los cerca de cuarenta alumnos que la han precedido y los que vendrán después de ella.

## EL PROFESOR

Es el profesor estereotipado, tanto por su aspecto como por su actitud inicialmente deferente, "[Un] ancianito con perilla blanca", que viste una "larga bata negra de maestro de escuela" (p. 25).

Sin embargo, su retrato psicológico no permanece estable, sino que evoluciona considerablemente: de ser incómodo, tímido, rayano en lo ridículo (su voz es "bastante fluida", p. 24; los puntos suspensivos muestran sus numerosas vacilaciones cuando busca sus palabras; una didascalia indica que tartamudea ligeramente), pasa a ser dominante, perverso y finalmente termina siendo un hombre temeroso y angustiado por las consecuencias de sus actos.

Socialmente, encarna tanto la autoridad como el conocimiento. Las preguntas que hace a la chica son, de un nivel más que elemental y su pedagogía es singular: piropea en exceso a su alumna, antes de abusar de su poder.

Utiliza su condición de maestro para presionar a la alumna y posteriormente abusar de ella, pero también utiliza su condición de jefe para dominar a su criada y evitar que intervenga en la situación.

Esta doble dialéctica de profesor/alumno y jefe/ama de llaves subraya sus dificultades relacionales y su actitud peligrosamente inestable. En efecto, primero se dirige a la alumna de forma muy cortés ("Sólo soy su criado", p. 33), antes de pasar a insultarla y asesinarla ("Ninguna insolencia, mignonne, o tenga cuidado con usted", p. 76)

El personaje principal de *La lección*, que sufre claramente un desdoblamiento de personalidad, encarna a la vez el absurdo y la locura.

# EL DERECHO

Marie, la criada del profesor, es una mujer "fuerte", "de 45 a 50 años", "con la cara roja", que lleva un "tocado de campesina" (p. 23). Aparece así como una simple criada al servicio de su jefe, y saluda adecuadamente a la alumna antes de que llegue el profesor.

Sin embargo, su perfil psicológico es más complejo. Muestra cierta duplicidad, especialmente en su relación con el profesor. Desde el punto de vista relacional, es cierto que obedece las órdenes de su jefe, pero no duda en abandonar su papel de subordinada para dirigirse a él con franqueza, incluso para meterle prisa.

Ella misma interviene en dos ocasiones para advertirle. Cuando se queda en el aula donde tiene lugar la clase, le advierte ("Ten cuidado, te recomiendo calma", p. 34); "La aritmética [...] te pone de los nervios", p. 35), y luego vuelve a interrumpir la lección cuando el profesor pasa a la filología para decirle que "la filología conduce a lo peor" (p. 55), antes de advertirle por última vez mencionando "¡el síntoma final!

Además, al final, no duda en reprender a su jefe siendo "sarcástica" y "muy dura" (p. 85), antes de apiadarse de él y tranquilizarlo.

La evolución de este personaje es cíclica en el sentido de que, al final, vuelve a ser la criada afable y respetuosa que acoge a una nueva alumna de la misma manera que acogió a la anterior, aunque siendo consciente de los riesgos que conlleva.

# CLAVES DE LECTURA

## ESQUEMA NARRATIVO

**Situación inicial: es** el comienzo de la historia, el momento en que se establece el escenario y se presentan los personajes; la situación está equilibrada, es decir, no tiene motivos para cambiar.

- Llegada del alumno recibido por la criada antes del comienzo de la clase particular.

**Elemento perturbador: se trata de** un acontecimiento que perturba la situación inicial y desencadena la propia historia.

- La ambigüedad de las palabras de la alumna ("Estoy a tu disposición", p. 33) que suscitan impulsos libidinosos en el profesor.

**Periféricos:** son los acontecimientos provocados por el elemento perturbador y que conducen a la acción emprendida por el héroe para resolver el problema.

- La agitación y la excitación del profesor, al principio incómodas, aumentan a medida que aborda diferentes temas.

- Las intervenciones de la criada, que advierte a su jefe de lo que puede pasar

- La enseñanza de la aritmética y luego de la filología, acompañadas de una violencia verbal del profesor diez veces mayor

- Las quejas incesantes de la alumna por tener dolor de muelas

- La tensión creciente del profesor en torno a la palabra "cuchillo", que hace repetir a su alumna hipnotizada…

**Desenlace: pone** fin a los acontecimientos y conduce a la situación final.

- Violación y asesinato de la chica por su profesor al final de una confusa clase.

**Situación final: este** es el final de la historia. La situación vuelve a ser estable, como la inicial, pero ha sufrido transformaciones.

- El profesor entra en pánico y pronto se le une su criada, que menciona el entierro de otros cuarenta alumnos, antes de la llegada de un nuevo estudiante.

## ¿UNA TRAGEDIA?

Desde el principio, Ionesco presenta su obra como un drama cómico. Es cierto que respeta ciertas características de la tragedia clásica: sólo hay una acción principal (una lección impartida por un maestro a su alumno) que se desarrolla en un lugar (la casa del maestro) y en un periodo de tiempo bastante breve. La trama sigue una progresión dramática normal:

- una exposición, durante la cual se establece el marco de la historia;

- un nudo que se va creando poco a poco en la relación entre el profesor y la alumna;

- un final marcado por la muerte de la alumna.

Como en la tragedia clásica, el lector/espectador puede percibir fácilmente el destino de la alumna a través de las pistas textuales que aparecen en el diálogo.

Además, la estudiante utiliza con más frecuencia el registro del lamento ("¡Oh, no! ¡Oh, vaya! ¡Ya he tenido bastante! Y luego me duelen los dientes, me duelen los pies, me duele la cabeza", p. 80) y, en cuanto pierde el control sobre su interlocutor, utiliza un registro angustiado, lleno de vacilaciones (¿"Las rosas de mi abuela también son... amarillas, en francés, ça dit jaune?" (p. 67); «Les... comment dit "roses" en roumain?» (p. 70); "Excuse me, sir, but... [...] I don't know the difference" (*id.*).

Sin embargo, varios elementos nos impiden afirmar que se trata de una verdadera tragedia. Hay muchos elementos cómicos que mitigan el valor trágico de la obra:

- El ridículo está omnipresente en las lecciones de aritmética y filología;

- La alumna dista mucho del héroe trágico clásico; desconoce el destino que le aguarda y, lejos de actuar con valentía ante ese destino, parece resignarse y someterse totalmente a la buena voluntad de su maestro.

- Ll asesinato mostrado en escena no respeta la regla de decoro que consiste en no mostrar nada chocante para el público.

- El aspecto trágico queda totalmente relativizado por las últimas palabras de la obra. En cuanto la criada nos dice que se trata del cuadragésimo asesinato cometido y que ocurre todos los días, el dramatismo de la escena representada desaparece por completo y es sustituido por el absurdo.

- Las afirmaciones finales de la criada eliminan la tragedia de la escena del asesinato y la convierte en un hecho sin sentido.

## COMEDIA CHIRRIANTE

El subtítulo de la obra, "Comic Drama", también hace referencia al registro cómico. Esto se confirma a lo largo de la obra. Se utilizan numerosos recursos para dar a esta tragedia connotaciones cómicas, incluso burlescas. La mayoría de ellas están relacionados con el profesor.

Al carácter ridículo del profesor de "voz delgada" (p. 24) se añade su actitud inicial: se disculpa constantemente: "No sé cómo disculparme por haberle hecho esperar... Estaba terminando... ¿no es así, le pido disculpas... Me disculpará" (p. 27). Su malestar es generalizado. Abundan los puntos suspensivos, que quizá delatan un ligero tartamudeo. Duda, busca las palabras.

También hubo discrepancia entre el "concurso de doctorado total" preparado por la alumna y el nivel de las preguntas básicas formuladas por el profesor. Por ejemplo, le pregunta por las estaciones y luego le hace sumar los números.

En cuanto a las restas, la niña no es capaz de resolverlas. Los comentarios del profesor a menudo están fuera de lugar, incluso carecen de sentido (por ejemplo, cuando dice que le gustaría vivir en Burdeos, aunque no conoce la ciudad, p. 27-28). Su lógica y su pedagogía son caprichosas.

Al principio de la obra, el maestro utiliza constantemente la exageración, elemento fundamental del registro cómico. Se disculpa repetidamente y sin motivo: "No sé cómo disculparme [...]. Le pido disculpas… Usted me disculpará…" (p. 27); "Mis disculpas". (*id.*); "Ánimo… señorita… le pido disculpas… paciencia" (p. 28); "Le pido disculpas, señorita, iba a decírselo" (p. 29); "Le pido disculpas por tener que contradecirla" (p. 39).

Se maravilla de los conocimientos tan rudimentarios e incompletos de su alumna; le hace cumplidos exagerados e inoportunos: "Pero sí, señorita, bravo, pero eso está muy bien, es perfecto. Mis felicitaciones", p. 28); "¡Magnifique! ¡Eres magnífico! Eres exquisita.

La felicito calurosamente, señorita. [...] En cuanto a la factura, es usted magistral" (p. 39). También utiliza muy a menudo la hipérbole, por ejemplo, cuando se preocupa por saber si su alumna está "agotada" después de haberla hecho sumar ("Dime, sólo, si estás agotada, ¿cuánto es cuatro menos tres?", *ibíd.*).

Sus palabras son a menudo inapropiadas, incluso indecentes, sobre todo después del asesinato de la chica: "No son demasiado caras las coronas. No ha pagado la lección". (p. 88) Por último, se mencionan elementos que no existen, como el "concurso de doctorado total" o el "diploma supratotal".

A través de este personaje, la comedia de la obra se vuelve absurda.

## LA DESTRUCCIÓN DE LA LENGUA

Como en *La Cantatrice Calva*, Ionesco busca destruir la función comunicativa del lenguaje. Para ello, utiliza diversos medios:

- En primer lugar, presenta a dos personajes que discuten sin escucharse realmente: el profesor, por ejemplo, habla de las consonantes "cambiando su naturaleza en ligaduras", mientras que la alumna repite que le duele una muela, y continúa sin tenerlo en cuenta ("Sigamos", p. 61). La función principal del lenguaje queda así reducida a la nada y sólo reaparece tras el asesinato.

- En segundo lugar, Ionesco desarrolla en exceso un lenguaje convencional que carece de sentido fuera del contexto en el que opera. Las fórmulas de cortesía, por ejemplo, se multiplican. Se utilizan para medir quién tiene la sartén por el mango.

- Al principio de la obra, el profesor utiliza el mayor número posible de "Señoritas", pero al final de la obra, el alumno suplica con innumerables "Señor". Además, el profesor utiliza muchos insultos, que no son muy apropiados para el contexto en el que se desarrolla la escena.

- Por último, las frecuentes repeticiones hacen que ciertas escenas pierdan todo su sentido y permiten introducir el absurdo del lenguaje.

Este absurdo del lenguaje está muy presente en la lección de traducción. El profesor enseña a su alumno la palabra "cuchillo" en todas las lenguas, antes de hacérsela repetir en su lengua, el francés.

Además, pretende enseñarle "neoespañol", un idioma que no existe. Esta escena es, por tanto, representativa del sinsentido del diálogo entre el alumno y el profesor. Del mismo modo, la repetición incesante de la palabra "cuchillo" la vacía de su significado y la convierte en una onomatopeya. Los sonidos [k] y [t] evocan, como sugiere Ionesco en su didascalia, el tic-tac mecánico de un reloj.

## LA LENGUA COMO SÍMBOLO DE PODER

En *La lección*, los dos personajes parecen pertenecer a dos mundos diferentes. Uno, un hombre dominante y violento, insiste en enseñar un tema incomprensible al otro, que está dominado, no quiere escuchar y permanece totalmente centrado en sí mismo.

El profesor, exasperado por la falta de control que tiene sobre su alumna, utiliza el lenguaje como medio para poseerla. Su posición como profesor le confiere autoridad sobre su interlocutora y, a través de la autoridad del lenguaje y de sus conocimientos, consigue dominarla por completo y acaba matándola.

La palabra, al principio regida por fórmulas corteses y comportamientos amables, escapa poco a poco a toda medida, hasta hacer real el objeto asesino: el cuchillo. En efecto, el cuchillo no existe materialmente; es la fuerza representativa de la palabra la que consigue asesinar a la niña.

Por último, es efectivamente el diálogo lo que lleva al profesor a una especie de esquizofrenia. Una vez ejecutado el asesinato, actúa como si se hubiera despertado y un doble inconsciente hubiera actuado en su lugar. Vuelve a ser el personaje tímido e impresionable que era y se niega a creer que fuera capaz de semejante acto.

## UNA SÁTIRA DE LA EDUCACIÓN

La obra también ofrece una caricatura de la educación. Ionesco se divierte mostrando que el lenguaje que sirve de vehículo principal para la enseñanza puede carecer por completo de sentido. Por ejemplo, cuando el profesor propone analizar la expresión proverbial "caer en saco roto", dice: "Los sonidos, Mademoiselle, hay que cogerlos al vuelo por las alas para que no caigan en saco roto. Por lo tanto, cuando decidas articular, es aconsejable, en la medida de lo posible, levantar mucho el cuello y la barbilla, ponerte de puntillas, para que veas..." (p. 59) Así, el profesor, en contra de lo que le exigiría su profesión, se atiene a una comprensión de primer grado de la expresión que intenta explicar.

Además, a menudo adopta un tono magistral para explicar cosas que intenta presentar como lógicas y que, sin embargo, son totalmente inverosímiles.

Menciona, por ejemplo, a cierto camarada que padecía un defecto de pronunciación: "No podía pronunciar la letra f. En vez de f, decía f. En lugar de f, diría f. Así, en lugar de fuente, no beberé tu agua, diría: fuente, no beberé tu agua. (p. 63) Al leerlas, es evidente que no hay diferencia entre estas dos frases.

Del mismo modo, cuando se plantean las distintas traducciones de la palabra "cuchillo": "Bastará con que pronuncies la palabra cuchillo en todos los idiomas" (p. 79), y más adelante, "Ah, si insistes, cuello, cuchillo. Es neoespañol...", "Si quieres, sí, neoespañol, [...] Y entonces, ¿qué es esta pregunta inútil?" (p. 81).

## UN RESULTADO INEXORABLE

Las pistas esparcidas por la obra anuncian el macabro desenlace que se avecina. El ritmo se vuelve progresivamente frenético, las líneas se intercambian sin responderse en una especie de estigmatización, una secuencia de la que han desaparecido por completo los puntos suspensivos que veíamos al principio de la obra.

Las advertencias de la criada, al principio misteriosas e implícitas ("Ten cuidado, te recomiendo calma", p. 34; "No dirás que no te lo advertí", p. 35), se hacen más claras a medida que el maestro se impone a la alumna, la domina y la arrastra a la estela de su locura.

Las advertencias aparentemente inocuas del maestro adquieren un nuevo significado a la luz de su crimen: "Aprenderéis que se puede esperar cualquier cosa. (p. 29) Más tarde, la amenaza: "¡No me hagas enfadar! Ya no responderé por mí". (p. 72); luego, hablando de sus dientes: "¡Te los arrancaré!" (p. 74). La amenaza se hace entonces más clara: "¡Silencio! O te aplasto el cráneo" (*id.*); "¡Te voy a arrancar las orejas, para que no te duelan más, cariño!" (p. 81)

El carácter lascivo del profesor se menciona en las primeras líneas ("el brillo lascivo de sus ojos acabará convirtiéndose en una llama consumidora e ininterrumpida", p. 26).

Las referencias a las partes del cuerpo de la niña se multiplican: primero se evocan dos órganos de los sentidos, la nariz y luego la oreja, que sirven para ilustrar la lección ("Si hubieras tenido dos narices, y yo te hubiera arrancado una de ellas…", p. 45; luego, aludiendo a sus orejas: "Tú tienes dos, yo cojo una, me como una de ellas", *id.*).

Algunas de las líneas se refieren más claramente a la muerte, por ejemplo cuando el profesor le dice a la alumna: "Recuerda esto hasta el momento de tu muerte…" (p. 59), a lo que ella responde inocentemente: "Oh sí, señor, hasta el momento de mi muerte", refrendando así sus palabras sin ser realmente consciente de ello. (p. 59),

Por último, la aparición del cuchillo (invisible) que saca de un cajón y blande presagia lo peor ("Blandió el cuchillo ante los ojos del alumno", p. 80; "el cuchillo mata…", p. 83). Entonces, la violencia de la palabra incontrolable se convierte en violencia física: el poder de las palabras ha llegado a la carne, y la escena se repetirá… ¿hasta la extenuación?

## UNA OBRA REPRESENTATIVA DEL TEATRO DEL ABSURDO

Desenfadada y burlesca, *La lección* presenta tipos humanos, o más bien personajes que parecen deshumanizados, carentes de identidad propia, caricaturizados hasta el exceso, y juega con los temas de la muerte y el absurdo. Son temas que se encuentran a menudo en el teatro del absurdo.

Según el crítico Martin Esslin, "el teatro del absurdo muestra simplemente en la existencia, es decir, imágenes concretas ilustran lo absurdo de la existencia en el escenario" (*Enciclopedia de Literatura*, París, Le Livre de Poche, 2003, pp. 4-5).

Cabe añadir aquí que el absurdo de la obra reside en la incomunicabilidad, o más bien en la dificultad de comunicación entre los personajes, en la medida en que a menudo nos encontramos ante un diálogo de sordos. Esto es significativo en *La lección* en la medida en que la estudiante se queja de su dolor físico, con palabras que caen en el vacío.

Además, Ionesco, que "juega con todos los registros de la ilógica del lenguaje", "transforma al hombre en una marioneta pontificadora" (*id.*), que es el caso del profesor de *La lección*.

Por último, según Pascal Riendeau, "las obras [del teatro del absurdo] están unidas por su carácter insólito y mezclan de manera insólita elementos trágicos y situaciones cómicas", rasgos que se encuentran en la obra de Ionesco: aunque el final sea fatídico, las palabras hilarantes y las situaciones incongruentes llevan *La lección a* un nivel en el que el absurdo sólo pretende confinar a los personajes en su condición deshumanizada.

## LA RECEPCIÓN DE LA OBRA

Considerada o percibida como demasiado vanguardista, *La lección de* Ionesco no fue un éxito inmediato, ni desde el punto de vista del público ni de la crítica. Ionesco era un autor desconocido en aquella época, al igual que los actores y el director.

Aunque la obra tuvo una tibia acogida en sus dos primeras representaciones en el Théâtre de Poche el 20 de febrero de 1951, y luego en el Théâtre Lancry en la primavera de 1952, tuvo su primer éxito en el Théâtre de la Huchette el 7 de octubre de 1952, cuando el director Jacques Noël tuvo la idea de combinar *La Leçon* con la primera obra de Ionesco, *La Cantatrice chauve*.

El público y la crítica fueron unánimes, y desde entonces *La lección* se ha representado ininterrumpidamente y se ha traducido a todos los idiomas, aún hasta nuestros días.

Para el dramaturgo, los registros cómico y trágico son inseparables, incluso intercambiables, lo que explica la complejidad y ambigüedad de sus obras, por un lado, y la inesperada reacción del público, por otro.

# VÍAS DE REFLEXIÓN

## ALGUNAS PREGUNTAS PARA SEGUIR REFLEXIONANDO...

- Identifica las características del absurdo en esta obra. Justifícalo.

- Describe a los tres personajes. Imagínese lo que simbolizan teniendo en cuenta el contexto histórico y político de la época, ya que la obra fue escrita en 1950.

- ¿Qué arma utiliza el profesor para asesinar a su alumno? ¿Por qué cree que Ionesco afirma en una didascalia que esta arma puede ser imaginaria?

- Observa la presencia de diferentes objetos en *La Lección*. ¿Qué forma adoptan y qué papel desempeñan en esta obra? ¿Puede establecer un paralelismo con la obra *Les Chaises*?

- Explique el papel del lenguaje en esta obra y compárelo con el que desempeña en otras obras de Ionesco.

- Busca pistas a lo largo de la obra que anuncien el final.

- Identificar los elementos cómicos de la obra. ¿Cuál es su finalidad?

- ¿Podemos decir que *La lección* es una tragedia?

- Se ha afirmado que *La lección* es una obra de metamorfosis. ¿Cuál es su opinión? Justifique su respuesta con ejemplos.

- *La Lección* es una obra del absurdo. Compárela con otras obras del mismo movimiento como *La Cantatrice Calva* o *Esperando a Godot* (1952) de Samuel Beckett (escritor irlandés, 1906-1989). Señale las diferencias y similitudes entre estas obras.

# PARA IR MÁS LEJOS

## EDICIÓN DE REFERENCIA

Ionesco E., *La Leçon*, París, Gallimard, colección « Folio théâtre », 1994.

## ESTUDIOS COMPARATIVOS

Esslin M., *Le théâtre de l'absurde*, París, Éditions Buchet Chastel, 1992.

*Enciclopedia de la literatura*, Le Livre de Poche, 2003.

Ionesco E., *Notes et contre-notes*, París, Gallimard, colección « Folio essais », 1966.

"La historia", en *Théâtre de la Huchette*, consultado el 4 de noviembre de 2011. http://www.theatre-huchette.com/un-peu-dhistoire/spectacle-ionesco/lhistoire/

Riendeau P., « Absurde (théâtre de l') », en *Le Dictionnaire du littéraire*, París, PUF, 2002.

¡Su opinión nos interesa!
¡Deje un comentario en la pagina web de su librería en línea,
y comparta sus favoritos en las redes sociales!

## Muchas más guías para descubrir tu pasión por la literatura

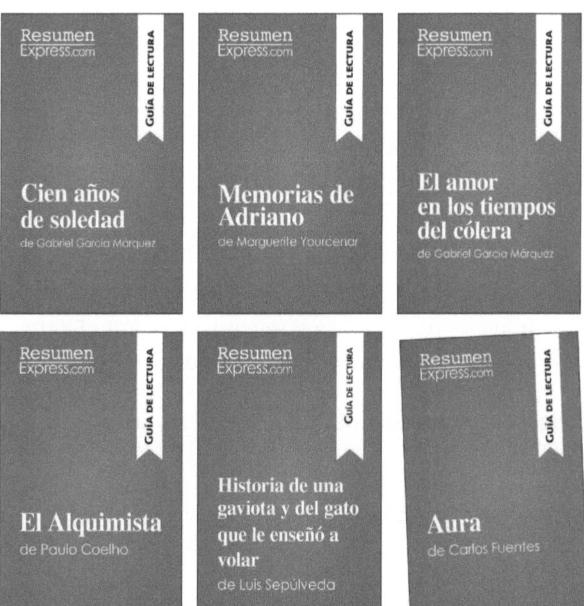


## www.ResumenExpress.com

ISBN ebook: 9782808687089
ISBN papel: 9782808698481
Depósito legal: D/2023/12603/1128

Cubierta: © Primento
*Libro realizado por Primento, el socio digital de los editores*